늘 사랑이에요

너에게 해 주고 싶은 말

강원석 시집

너에게 해 주고 싶은 말

1판 1쇄 발행 2024년 9월 15일
1판 4쇄 발행 2024년 11월 11일

지 은 이 강원석
발 행 인 조규백
기획·편집 우종현
디 자 인 최인경
발 행 처 도서출판 구민사
(07293) 서울특별시 영등포구 문래북로 116, 604호
(문래동3가 46, 트리플렉스)
전 화 02.701.7421
팩 스 02.3273.9642
홈페이지 www.kuhminsa.co.kr
신고번호 제 2012-000055호(1980년 2월 4일)
I S B N 979-11-6875-398-3(03810)
값 15,000원

너에게 해 주고 싶은 말

서문

우리는 조금 힘들어도
아름다운 꿈을 꿉니다

달빛으로 시를 쓰고
별빛으로 시를 지어
그대 고운 마음속에 걸어 둡니다.

외로운 날
그리운 날
지쳐 쉬고 싶은 날
하나씩 꺼내 보면 어떨까요?

꽃이 피는 낮이다
별이 뜨는 밤이다

맑아도 흐려도
오늘이 제일 좋은 날이다

「좋은 날」 - 강원석

일상이 버거울 때,
짧은 시 한 편이 힘이 되기도 합니다.

그대 마음속에
예쁜 시 한 편 품고 산다면,
누군가에게 좋아하는 시 한 구절
들려줄 수 있다면,

우리는 조금 힘들어도
아름다운 꿈을 꿀 것입니다.

2024년 가을
여덟 번째 시집을 내며

차례

별 하나, 널 위한 날들

별 둘, 행복을 미루지 마세요

별 셋, 해가 지면 해가 뜬다

별 넷, 그대는 꽃

일러두기

시의 오른쪽 페이지에 여백을 두어, 시를 옮겨 쓰거나 사색의 공간으로 활용하도록 편집하였습니다.

별 하나

널 위한 날들

너에게 해 주고 싶은 말

언제나 너에게
해 주고 싶은 말이 있지

괜찮다는 말
힘내라는 말
함께하겠다는 말

살면서 너에게
하고 싶은 말이 있지

사랑한다는 말
고맙다는 말
잊지 않겠다는 말

이렇게 말할 수 있어
삶은 얼마나 아름다운가

널 위한 날들

손끝으로 하늘을 가리켜 봐
그곳에 별이 있을지도 몰라
발뒤꿈치를 살짝 들어 봐
더 큰 세상이 보일 거야

움츠리고 있으면
아무 일도 일어나지 않아

햇볕이 좋을 때
한 발짝 내디뎌 보는 거야
봄날 꿈틀거리는
저 새싹처럼 말이야

오늘도 행복

꽃을 보는 아침은
축복입니다

곁에 있는 사람은
사랑입니다

그래서 오늘도
행복입니다

너에게 노을을 주려고

너에게 노을을 주려고
태양은 그리도 뜨겁게
타올랐나 보다

너에게 노을을 주려고
하루는 쉴 새 없이
저녁을 향해 달렸나 보다

돌부리에 걸려 넘어져도
주저앉아 외롭게 울어도
인생길 꿋꿋이 걸어왔으니

너에게 노을을 주려고
어둠은 더디게 더디게
밤별을 깨우나 보다

마중

어둠이 고인 하늘에
달빛이 흘러내린다

하얀 구름 한 송이
밤하늘을 꽃 피울 때

찬바람 보듬고 걸어오는
반가운 엄마의 모습

"추운데 왜 나왔어?"
"그냥"

잎이 무성한 나무에게

바람이 분다고
놀라지 마라

잎이 없는 나무에는
바람도 불지 않는다

꽃 피우기 위해
뿌리는 더 단단히 박힐 테니

지금 너의 흔들림을
너무 괴로워 마라

밤길

어두운 밤길을
걷고 있는 사람아

혼자라고 생각될 때
하늘을 보아라

너를 사랑하는 마음들이
별이 되어 떴단다

할머니 댁

하얀 구름을
다홍빛 노을에 적셔

할머니 댁 감나무에
걸어 두었다

까만 밤이 와도
달아나지 말았으면

빨랫줄로 꽁꽁
묶어 주신 할머니

하루가 저물 때

바람 속에 핀 꽃 한 송이
무심히 지나치진 않았는가

구슬프게 들려오는 새소리
그 마음을 헤아려 보았는가

햇볕보다 더 따뜻한 가슴으로
세상을 품으려 했는가

거울 앞에 서도 부끄럽지 않은
하루를 나는 살았는가

가을의 기도

가을에는
사랑으로 곡식이 여물고
사랑으로 열매가 익어감을
깨닫게 하소서

가을에는
당신을 위해 단풍이 물들고
당신을 위해 국화꽃 향기가 짙어짐을
느끼게 하소서

가을에는
사랑하는 사람들을 축복하며
후회 없이 기도하게 하소서

가을에는 가을에는
떨어지는 나뭇잎에
눈물 한 방울 흘릴 줄 아는
그런 사람으로 살게 하소서

사랑

그는 내게
사랑을 아느냐고 물었다

나는 사랑은 몰라도
사랑을 한다고 말했다

그는 다시
그리움을 아느냐고 물었다

나는 그리움은 몰라도
매일 그립다고 말했다

이사

그동안 고마웠습니다
덕분에 잘 살다 갑니다

예쁜 꽃과 따스한 햇살
시원한 바람은 모두 두고
행복했던 추억만 가져갑니다

때로는 그리워
눈물이 날지도 모릅니다
그땐 한번 다녀가겠습니다

시간이 가기 전에

눈이 맑을 때
좋은 글 많이 읽어야지

귀가 밝을 때
좋은 노래 많이 들어야지

목소리가 부드러울 때
좋은 말 많이 해야지

가진 게 있을 때
더 많이 베풀어야지

가슴이 뜨거울 때
더 많이 사랑해야지

햇살 아래

꽃이 피는 이유는
꿈을 꾸기 때문이야

꽃처럼 예쁜 너는
어떤 꿈을 꾸고 있니

아가야

아가야
어린 너를 바라보는
따뜻한 눈빛들을 기억하거라

이다음에 어른이 되면
그런 눈으로 세상을 보거라

햇살 같고 빗물 같은 그 눈빛이
작아도 아름다운 꽃송이를 피운단다

아가야 너는
꽃을 보는 눈으로 인생을 살거라

시월의 밤

자욱한 국화 향기
안개처럼 드리울 때
어둠을 툭툭 차며
걸어 보는 밤거리

차가워진 바람에
달빛이 움츠려도
다정했던 시간만큼
가까워진 마음

시월의 밤은
귀뚜라미 소리 익어 간다

잘 자요

잘 자요
지치고 힘든 하루였지만
그래도 열심히 살았잖아요

내일이 되면
지금보다 더 나은 하루가
기다리고 있을 거에요

싱그러운 새벽바람도
따사로운 아침 햇살도
모두 당신 거에요
잘 자요

좋은 아침

꽃이 피었나 보다
향기로움 속에서 잠을 깬다

이런 아침이 좋다
알람 시계가 아니라

싱그런 꽃향기에 눈을 뜨고
촉촉한 새소리에 귀를 열고
따스한 햇살에 기지개를 켜며

때로는 시원한 빗줄기에
잠에서 깨어나는
이런 아침이 참 좋다

사랑한다는 말

사랑하는 사람에게
사랑한다는 말을 자주 하나요

아끼지 말아요
말로는 다 못할 사랑입니다

나비는 말을 할 수 없어서
저리도 사랑스럽게
꽃을 보며 펄럭입니다

시인의 밭

가진 것이 적다고
아쉬워하지 않는다

읽을 수 있으니 기쁘고
쓸 수 있으니 즐겁다

땅 한 평 없이도
연필 한 자루 호미 삼아
수만 평 마음 밭을 일군다

석양

나이가 들어도
가슴 뭉클한 삶을 살아라

하늘을 붉게 물들이는 건
작열하는 태양이 아니라
여물어 가는 석양이다

해를 보며

떠오르는 해를 보며
가슴이 벅차다면
보람된 삶을 산 것이다

지는 해를 보고
눈물이 흐른다면
값진 삶을 산 것이다

모든 삶이 아름다울 수는 없지만
어떤 삶을 살아도 감사한 삶이다

네가 사는 하루를 위해
해는 또 얼마나 뜨거워야 하나

소중한 너에게

꽃이 피는 곳에
꿈이 있습니다
별이 뜨는 곳에
사랑이 있습니다

꽃이 피고 별이 뜨는
아이들의 마음속엔 언제나
꿈과 사랑이 있습니다

사람들은 그것을
희망이라고 말합니다

산사의 아침

근심 잊은 계곡물 소리가
도란도란 숲길을 흐른다

앞다투어 재잘대는 새소리
산사의 고요는 쉴 틈이 없구나

새벽에 내린 빗물은
배롱나무 꽃잎을 탐하고

실바람에 졸고 있는 풍경 소리
나는 그만 길을 잃었다

두려워 마

별이 빛나는 건
어두운 밤을
두려워하지 않기 때문이야

이루지 못할 일은 있어도
이루지 못할 꿈은 없어

별 둘

행복을 미루지 마세요

행복을 미루지 마세요

예쁘고 소중한 것은
오래 있어 주지 않습니다

향기로운 꽃도
귀여운 아이도
사랑하는 부모님도

지금
따뜻하게 안아 보아요
어쩌면 가슴이 벅차
눈물이 날지도 모릅니다

행복을 미루지 마세요

눈물

울고 있는 너를 보며
울지 말라는 말 대신
함께 울어 주었다

사람은
말로 다 표현 못 할 때
눈물을 흘린다

벼랑 끝에 서도

벼랑 끝에 서 있어도
절벽 아래를 보지 말고
등 뒤의 넓은 땅을 보라

한 발 내디디면
아무것도 아닌 삶이지만

돌아서는 순간
얼마나 고귀한 삶이던가

작은 풀 한 포기도
그냥 태어나는 법은 없으니

벼랑 끝 그 외로운 곳에도
꽃이 피고 있음을
부디 잊지 마라

공원에서

아기 풀이
예쁘게 자랄 수 있게
발로 밟지 마세요

아기 꽃이
활짝 필 수 있게
눈으로만 보세요

불어오는 바람도
엄마 마음으로 붑니다

떨어지는 빗물도
아빠 마음으로 내립니다

소년

소녀의 어깨 위에
귀여운 잠자리 한 마리 앉았다

파란 하늘엔 하얀 구름이 떠 있고
바람은 코스모스 꽃잎을 흔들고

잡고 싶은 건 소녀의 예쁜 손인데
애꿎은 잠자리를 잡고 말았다

가을은 울긋불긋 다가오고
소년의 가슴은 가을보다 먼저
빨갛게 물들고 있었다

알고 싶어요

내 마음속에
그리움 하나 있습니다

흘러가는 구름에
띄워 보냈는데

밤하늘 별이 되어
다시 떴습니다

그대 마음속에도
이런 그리움 하나 있나요

낙엽 날리는 날

햇살도 쓸쓸한 가을이다
쉼 없이 이별하는 계절이다

고독한 하루를 낯설어 마라
오롯이 너만의 삶을
살고 있는 것이다

무수한 갈잎이
나비 되어 날아오르는
이 순간을 기억하라

쓸쓸해도 고독해도
아름다운 인생이다

다 안다

욕심이 가득한 사람에게
자꾸 파리가 꼬인다
쌓아만 두니 썩어서
구린내가 나는 모양이지

나누고 베푸는 사람에게
언제나 나비가 날아든다
꽃처럼 향기가 나서
꽃인 줄 알았겠지

밤에

눈물을 참으려고
하늘을 보다가

별 하나 들어와
흘러내리는 눈물

그리운 만큼만
울어야지 하다가

별이 질 때까지
울어야 했다

누군가 나에게

부디 꽃으로 피어라
햇살처럼 다가가리라

누군가 나에게
이렇게 말해 준다면

정말 꽃으로 필 텐데
꽃이 아니어도
꽃처럼 살 텐데

감싸 주세요

친절한 사람에게
화내지 마라

성실한 사람에게
얼굴 붉히지 마라

누구나 하는 작은 실수
감싸 줄 때 사랑은 커진다

가끔은 달님도
깜빡하고 뜨지 않더라

선물

아름다운 별들과
이별하면서까지
해가 뜨는 이유는

너에게 밝고 멋진 하루를
선물하기 위해서야

그 어떤 날도
찬란하지 않은 날은 없어

네가 숨 쉬는 이 하루를 위해
수많은 별이 울고 울었음을
기억해 줘

봄이다

화내지 마라
욕하지 마라
나쁜 마음 먹지 마라

꽃처럼 살아도
아까운 봄이다

빗속에서도 꽃을

비에 젖지 않는 꽃이
없는 것처럼
눈물에 젖지 않는 삶
또한 없습니다

빗속에서도 꽃을 피우는
그 마음으로 오늘을 삽니다

어떤 날을 살아도

날이 좋아
오늘이 무슨 날인가
물어보았다

바람은
바람 부는 날이라 하고
빗물은
비 오는 날이라 하고
햇살은
맑은 날이라 한다

어떤 날을 살아도
모든 날이
다 좋은 날이구나

마음아

마음아 늙지 마라
몸은 세월 따라가더라도
너는 그러지 마라

나이 든 나무도 마음이 푸르러
잎이 돋고 꽃이 피는 것을

우리도 나무처럼 살아 보게
마음아 너는 늙지 마라
젊고 예쁘게 그렇게 있거라

한글

우리 할머니
나이 여든에 한글을 깨치셨네
이름 석 자 쓰고는 수줍게 웃으시네

내일은 일기를 써야지
모레는 동화책을 읽어야지
신비로운 꿈을 꾸는 소녀 같아

모락모락 피어나는
할머니 글공부 소리에
창가의 새들도 숨죽여 지저귀네

마음들

끈질긴 마음 없이 어떻게
싹을 틔우겠나

간절한 마음 없이 어떻게
꽃을 피우겠나

순결한 마음 없이 어떻게
아이의 눈망울을 바라보겠나

뜨거운 마음 없이 어떻게
세상을 사랑할 수 있겠나

프리지어 향기

향기가 좋아 이름을 알게 된
노란 프리지어 꽃을

마음이 닮아 사랑을 하게 된
어여쁜 당신께 드립니다

세상이 나에게 준 선물
향기로운 꽃과
그보다 더 향기로운 당신입니다

미안하다

웃고 있는 얼굴이 좋아
울고 있는 마음을 몰랐다

참고 견디고
버티는 그 마음을 몰랐다

그래 살아야지
찢어진 꽃잎도 꽃처럼 사는데
홀로 뜬 밤별도 별처럼 사는데
슬퍼도 살아야지

웃고 있는 얼굴이 좋아
울고 있는 그 마음 미처 몰랐다

결혼합니다

사랑할수록 그리운 사람
행복할수록 고마운 사람
우리는 그런 사람입니다

사랑도 행복도
예쁘게 향기롭게
아낌없이 나누고 싶습니다

다름을 존중하고
서로를 토닥이며
긴 인생길에 친구가 되어

같은 별을 보며
같은 꿈을 꾸며
그렇게 살겠습니다
우리 결혼합니다

흐린 날

오늘 그대에게
다정한 눈빛을 보내지 못해서
상냥한 미소로 대하지 못해서
따뜻한 어투로 말하지 못해서

그래서 이 밤에
별도 뜨지 않는가 보다

가을 앞에서

배롱나무 꽃잎은 떨어지는데
코스모스 한 떨기 피고 있네

꽃이 지니 여름 가고
꽃이 피니 가을 오네

들판에 벼 이삭은
노랗게 무게를 견디고

태양보다 뜨거운 매미 소리
여름 속에 세상을 가두려 하네

사랑하니 그립겠지

사랑하니 그립겠지
그리우니 슬프겠지

별도 없는 밤
죽도록 그리워하다가
풀벌레 울음소리 들려오면
그보다 더 크게 울어버려야지

사랑하니 그립겠지
그리우니 눈물도 흐르겠지

좋은 날

꽃이 피는 낮이다
별이 뜨는 밤이다

맑아도 흐려도
오늘이 제일 좋은 날이다

별 셋

해가 지면 해가 뜬다

해가 지면 해가 뜬다

태양처럼
뜨거웠던 어제가 있어
석양처럼
찬란한 오늘을 품는다

노을 앞에 슬퍼 마라
해가 져야 해가 뜬다
또 다른 꿈을 위해
별처럼 살아가자

다가올 어린 날들이여
너를 위해 나는 더 빛난다

달

그리워 쳐다본 둥근달이
닳고 닳아 없어지나 했더니

그리움 쌓이고 쌓여
다시 보름달이 되었네

세상에 그립지 않은
사랑이 있을까

달 보며 비운 마음
달 따라 차오르네

햇살 되고 빗물 되어

뜨거운 가슴 햇살 되고
어여쁜 마음 빗물 되어
시든 나무에 꽃이 핍니다

사람을 사랑하는 것은
세상을 사랑하는 것입니다

눈물 나게 아름다운
당신의 사랑
새벽하늘에 해를 띄우고
밤하늘에 별을 답니다

꿈속에서 꾼 꿈

새소리 하나가 날아왔다
해가 중천에 떴는데
얼른 학교에 가라며
큰 소리로 깨운다

깜짝 놀라 눈을 떴다
햇살은 따사롭게 내리고
새소리 눈부시게 울고
어머니 빨래를 널고 계신다

그리운 날
그리운 사람
꿈이어도 좋아라

꽃수레

꽃잎 같은 마음을 실어
꽃수레랍니다

그대 마음도 함께 실어
사랑으로 끌고
행복으로 밀어 볼래요

우리가 가는
이 길이 꽃길인 걸요

장미야

오므린 꽃잎 속에
수줍음 가득하여

실바람에 산들산들
붉어지는 꽃봉오리

장미야
어여쁜 장미야

활짝 피지도 말고
훌쩍 지지도 말고
그냥 그렇게 있거라

봄날에

불어오는 봄바람을
어머니께 드렸더니

가녀린 흰머리가
은빛처럼 날리우네

다음엔 봄 햇살을
가득 품어 드려야지

주름진 그 얼굴에
꽃이라도 피었으면

술

한 잔을 마시면
친구가 그립고

두 잔을 마시면
사랑이 떠오르고

어느새
비워 버린 술잔 속에

하늘도 취했구나
노을이 물든다

야옹이

동그란 두 눈은
신비로운 구슬 같아

귀 쫑긋 세우고
말없이 바라보는
그 눈빛은 사랑이야

꼬리를 흔들지 않아도 좋아
언제나 내 곁에
가만히 있어 주면 돼

창가의 달빛 같은
나의 야옹이

어머니의 밥상

우리 어머니 차려 주시던
그 밥상에는

까끌까끌한 보리밥과
콩나물국 한 그릇
그리고 미안해하시던 어머니의
안쓰러운 표정 한가득

흰쌀밥에 고깃국을 먹으며
그 밥상이 생각나는 이유는

그 시절이 그리운 거겠지
그 사랑이 그리운 거겠지
곱디고운 우리 어머니
그 모습이 그리운 거겠지

아버지

아버지
저녁은 드셨어요?
이렇게 전화를 드릴 수 있다면

밤이 와도 외롭지 않고
겨울이 와도 춥지 않으며
사는 게 힘들어도
서럽지 않을 것입니다

삶의 무게
아버지는 어쩌면 그렇게
무던히도 견디셨나요?

지난날

사랑하고
이별하고
그리워하고

참 아름다웠다
지나간 모든 날들이

바람이 불면

바람이 불면
나뭇잎이 노래하고

바람이 불면
꽃향기가 춤을 추고

바람이 불면
내 마음이 날고 날아
너에게로 간다

아름다운 하루

새소리를 듣기 위해
창을 엽니다
꽃을 심기 위해
흙을 고릅니다
별을 보기 위해
구름을 걷습니다

당신과 저녁을 먹기 위해
이리도 아름다운 하루를 삽니다

겨울나무

마른 가지에
찬바람이 불어도
폭설이 내려
그 무게 힘들어도

새 한 마리 날아와
쉴 곳은 너 하나 뿐이다

딸기

햇살 품은 예쁜 딸기
노을에 젖어 익으면

아가 입에 쏘옥
엄마 입에 한입

딸기 향기
싱그러운 우리 집에
행복은 선물이야

참외

향기로운 꽃처럼
꿈꾸는 아이처럼
참외가 익어 간다

햇살이 품었을까
바람이 빚었을까
싱그런 참외 한 알

별빛이 고운 날에
달처럼 다 익으면
한 아름 품에 안아
어머니께 드려야지

겨울 동화

흰 눈이 소복이 내리는 밤
시골집 사랑방에 화롯불이 뜨겁다

모여 앉은 아이들의 고사리손에는
잘 익은 군고구마 향기를 뿜고

할아버지 구수한 옛날이야기에
문밖의 찬바람도 귀 기울여 듣고 있다

눈이 쌓일수록 밤은 깊어 가고
꺼지기 싫은 호롱불은 심지를 태운다

그래도 세상은

추위에 떨고 있는 사람에게
외투를 벗어 주는 사람

차가운 눈이 내려도
따뜻한 마음은 식지 않습니다

꽃처럼 사는 당신이 있어
그래도 세상은 살 만합니다

말의 씨앗

예쁜 너의 말을 따다가
씨앗처럼 흙 속에 심고
물 주고 거름 주고
정성스레 기른다

고운 말 옹기종기
새싹 되어 움트면
좋은 말 알록달록
꽃이 되어 피다가

따뜻한 말 빛나는 말
주렁주렁 온 세상에 열린다

천둥소리

지난밤 천둥소리에 놀란
밤송이가 입을 쩍 벌렸다

밤새 울어대던 갓난아기는
요란한 밤을 지나며 이제는
천둥소리쯤이야 하는 표정을 짓고

세상에 거저 얻는 것은 없음을
놀람과 두려움 속에서도
가을은 익어 가고 있었다

시골에서

고요와 이웃하니
쓸쓸함도 벗이 되는구나

낮에는 새소리에 젖어
시간 가는 줄 모르고
밤에는 달구경 별 구경에
그리움도 잃어버리고

부족함도 불편함도
내 것이 아니구나

바람아 구름아
혹시나 서울 가거든
이제 너를 잊었다고 전해라

님에게

일찍 일어난 새들이
배고프지 않게 하시고
예쁘게 핀 꽃잎에
향기가 오래도록 머물게 하소서

별들이 외롭지 않게
아이들을 꿈꾸게 하시고
겨울이 지나고 봄이 오는 기적을
세상 모든 곳에 나누어 주소서

남보다 조금 덜 가져도
남을 위할 줄 알게 하시고
소중한 것에 대한 감사함을
언제나 잊지 않게 하소서

겨울의 기도

차가운 바람이 불어도
따뜻한 마음이
얼지 않게 해 달라고

흰 눈이 내리면
누구에게나 꿈꾸는
시간이 되게 해 달라고

겨울은 한 해의 끝이 아닌
새해의 시작임을
깨닫게 해 달라고

작아도 빛나는 별을 보며
뜨거운 가슴을 지닌
그대의 이름으로 두 손을 모읍니다

달님에게

많은 것 바라지 않아
그냥 그곳에 그렇게
환하게 있어 주면 돼

별 넷

그대는 꽃

해거름

물오리 떼 구름을 몰고 간다
갈대는 노을을 쓸어 담고
바람은 까만 천을
하늘 가득 깔아 놓는다

하나둘 반짝이는 별빛
우리 어머니 해거름에
별을 수놓고 계셨나 보다

은하수

별빛이 너무 예뻐
별 하나 똑 땄다

와르르 쏟아지는
밤하늘 은하수

두 눈 속에 가득 담아야지
마음속에 듬뿍 품어야지

살다가 살다가
고운 별빛 예쁜 별빛
하나씩 하나씩 꺼내 봐야지

비 그친 아침

새벽 비에 풀잎은
한층 어른스러워지고

포개진 구름 사이로
햇살은 배시시 깨어나고

빗소리에 젖은 아이는
귀여움이 더 자라고

비 그친 아침이
이렇게 좋은 건

맑고 고운 하루가
반겨 주기 때문이겠지

해야 할 일

먼지가 낀
창문을 닦는 일
오랜 친구의
안부를 묻는 일

인사하는 아이의
머리를 쓰다듬는 일
부모님의 긴 말씀도
웃으면서 듣는 일

떨어지는 꽃잎도
예쁘게 바라보는 일

어쩌면 내일은 할 수 없는
오늘만 가능한 일인지도 모른다

너를 사랑하고 나서

너를 사랑하고 나서
매일 밤 별이 뜬다는 사실과
그 별을 혼자 쳐다보면
가끔 눈물이 고이기도
한다는 사실을 알게 되었다

너를 사랑하고 나서
예쁜 꽃이 참 많다는 사실과
아무리 예쁜 꽃도 혼자 바라보면
고작 풀 한 포기와 다를 게
없다는 사실을 알게 되었다

너를 사랑하고 나서
흐린 날에는 우산을 꼭 챙겼고
주머니에는 손수건을 넣고 다녔고
샤워할 때도 전화가 울리면 받았다

섬

갈매기 날갯짓에
바다 향기 짙어지는 그곳

바람에 놀라지 않는
들꽃 여럿 피었으니 외롭지 않네

밤하늘 별처럼 반짝이는
너울 파도의 하얀 포말

뱃고동 소리 쉬어 가는 그 섬에서
사람들은 오늘도 꿈을 꾼다

달빛

창가에 달이 뜨고
탁자 위에 차 한 잔

뜨듯한 차 향기에
연둣빛 풀벌레 소리

낭만은 고독을 토닥이고
달빛이 차를 마신다

행복이란

누구에게나
행복이 주어지지만
아무나 누리지는 못합니다

행복인 줄 모르고
살기 때문입니다

멀리서
행복을 찾지 마세요

지금 곁에서
당신을 미소 짓게 하는 것
그것이 행복입니다

그래도 됩니다

나비처럼 날아다니는
하얀 꽃잎을 잡아 보아요

이름 모를 꽃향기에 붙들려
기다리던 버스를 놓쳐도 보고

봄바람에 머리카락 휘날리며
얼굴 한가득 햇살을 담아 보아요

봄에는 그래도 됩니다
당신은 추운 겨울을
누구보다 잘 견뎠잖아요

거미

촘촘히 짜 놓은 그물에
바람도 햇볕도 다 지나가고

해 질 무렵 붉게 물든
구름 하나 걸렸다

무엇을 잡으려고
새벽부터 바빴을까

늙은 거미 한 마리
흐르는 세월을 붙들고 있네

진달래 피다

겨울 내내 품었던
분홍빛 꿈들을

마른 가지 위에
콕콕콕 찍고 가는 봄바람

칠월의 노래

구름이 춤을 추는 칠월이다
꽃보다 열매가 아름다운 계절이다

땀방울이 모여
과일 곡식 익어 가니
더워도 신나는 여름이다

퍼붓는 햇살을 피해
나무 그늘에 잠시 앉아 보자
바람 한 자락 소나기 한줄기
반갑지 않은 것이 있을까

우리의 칠월은
뜨거워서 더 찬란한 날들이다

여름 이야기

꽃잎을
물고 오던 바람이

어제는 성난 뙤약볕을
잔뜩 던져 놓더니
오늘은 미안했는지
소나기구름 슬쩍 건네주네

내일은 시원한 매미 소리
한가득 뿌려 놓겠지
개울가에 물장난하는 아이들
웃음소리도 가져오면 좋겠네

해 지는 풍경

서쪽 하늘 아래
풀 뜯는 어린 암소의 등 위로
느릿하게 은은하게 해가 진다

기다란 굴뚝에 피어오르는
저녁밥 짓는 하얀 연기는
해가 뿌린 노을에 물들어
봉숭아 꽃빛으로 변해 가고

구수하게 익어 가는 밥 냄새는
강아지 뛰어노는 마당을
한 바퀴 두 바퀴 돌고 돌아
감나무 가지 끝에 앉는다

언젠가 보았던
내 어린 날의 해 지는 풍경
아름다워 그립구나
갈 수 없어 더 그립구나

겨울

찬바람 속에 유난히 빛나는
겨울 별들의 반짝임을 보았는가

밤새 쌓인 눈더미에
잔잔히 내려앉는
아침 햇살의 눈부심을 보았는가

잎사귀 하나 없어도
구름에 닿을 듯 하늘을 찌르는
마른 나무의 장엄함을 보았는가

여름보다 더 뜨거운
겨울을 너는 보았는가

밤양갱

현관문을 나서다 마주친
신문을 배달하는 청년

오늘 내가 새벽 별보다
먼저 만난 사람

가방 속에 넣어 둔
밤양갱 하나를 건넨다

나지막히 들리는
풀잎 같은 목소리
감사합니다

십만 원

명절이라
감사의 뜻으로 십만 원을
봉투에 넣어 드렸다

궂은일도 마다하지 않고
늘 친절하게 대해 주시니
작은 마음이라도 전하고 싶었다

경비 아저씨는 손주 세 명에게
삼만 원씩 용돈을 주었다며
고맙다는 말씀을 또 하신다

하늘이 유난히 푸르다
아저씨는 남은 만 원으로
음료수라도 사 드셨을까

칭찬

고깃집 아르바이트생의 이름은 준호였다
살아오면서 준호라는 이름을
여럿 만났는데 대체로
성실하고 착하다고 얘기해 주었다

수줍은 얼굴에는 미소가 돌고
고기는 가을볕에 대추처럼 익어 간다

누군가에게 칭찬 한마디 해 준다면
몸은 힘들어도 마음은 즐거울 텐데
어깨는 무거워도 발걸음은 가벼울 텐데

차비

빈 호주머니에
차비 몇 푼을

배고픈 사람에게
쥐여 주고
집까지 걸었다

별 하나가
따라 걸었다

우리 사는 세상

친절한 사람
따뜻한 사람
의로운 사람을 보고
가슴이 뭉클해지는 건

아직 꽃이 피고 있음이야
그렇게 또 살아갈
세상이기 때문이야

너를 위한 기도

너는 반짝이는 별이 되어라
나는 둥그런 달이 될게

너와 내가 밤을 밝히면
어느 누구도 어둠 속에서
길을 잃진 않겠지

너는 높은 하늘이 되어라
나는 넓은 바다가 될게

너와 내가 세상을 품으면
어느 누구도 절망 속에서
꿈을 잃진 않겠지

삼랑진

동그란 눈빛이 말을 걸던 날
떨리는 목소리에 마음은 설레고
까만 눈동자는 별이 숨었을까
가만히 바라보다 발그레해진 얼굴

눈이 부셔 더 아름다웠던
우리가 사랑한 날들
둘이 걸었던 삼랑진 철길 위에
노을은 아직도 붉은데

그대여 지나간 시절
혹시나 잊지 않았다면
눈물 대신 한 번쯤은 웃어도 좋겠지

제주도

제주도 바닷가의
파도 소리 하나를
몰래 가져간다

미안하다
내 마음은 두고 간다

그리운 마산

아름다워라
그리워라
한 번도 잊은 적이 없어라

우리 아버지 어머니 계시는 곳
나이 든 내가 어린 나를 만나는 곳

우뚝 솟은 무학산의 푸르름이여
꿈결 같은 합포만의 흰 파도여
국화꽃 향기 따라 걷던 그날의 사랑이여

언젠가 돌아오리라
떠날 때 맺힌 눈물
그 약속 지키지 못해 지금 흐른다

그대는 꽃

그대는 꽃이고
세상은 꽃밭입니다

누군가의 마음속에
작은 꽃씨 하나 심고 싶습니다

아이들의 마음속에도
어른들의 마음속에도

그 꽃씨가 자라면
향기롭고 예쁜 꽃이 피겠지요

시를 읽는 사람들의 세상은
꽃밭처럼 아름다운 세상입니다

시를 읽고 여유로움을 키우고
마음속에 사랑이 가득한
사람이 되길 바랍니다

시를 읽고 선한 생각을 지니고
배려하고 나누는
따뜻한 사람이 되길 바랍니다

시를 읽고 언제나 꿈꾸고
그 꿈을 향해
한 발 한 발 나아가길 바랍니다

그대는 꽃이고
세상은 꽃밭입니다

시인의 말

행복을 미루지 마세요

삶의 궁극적 목적은 행복이다. 시를 읽는 이유도 행복이다. 내가 시를 쓰는 이유도, 강연을 다니는 이유도 행복이다. 시인이 행복하게 쓴 시를 독자가 행복하게 읽어 준다면 그것으로 충분하다. 우리는 우리의 삶을 바쁘게 사느라 가까이 있는 행복을 알아보지 못하고, 놓치기도 한다. 시를 읽고, 사색하고, 마음의 여유를 찾는다면 일상에서 느끼는 행복의 가치를 발견할 수 있을 것이다. 행복을 미룰 이유는 전혀 없을 것이다.

3년 만의 신간이다. 매년 시집을 내다가, 이번에는 시간이 좀 걸렸다. 새롭게 쓴 시가 500편이 넘었고, 그중에 100편을 엄선했다. 제목도 여러 번 바뀌었다. 이렇다 보니 이번 시집에 대한 애정이 더 큰 것이 사실이다. 앞으로 얼마나 시간이 지나서 또 시집을 낼지 모르겠지만, 마지막이라는 생각으로 최선을 다했다.

'너에게 해 주고 싶은 말'이라는 제목에서 알 수 있듯이, 꿈과 희망을 주는 시, 위로와 용기를 주는 시를 많이 넣었다. 바쁘고 힘든 시대를 살아가는 사람들에게 시를 통해, 작은 위로라도 드리고 싶었다. 부족한 시집이지만 '밤하늘 별빛 같은 시집'이 될 수 있다면 더없는 행복이겠다. 누군가는 그 별을 보고 꿈을 꾸고, 힘을 내길 바라는 마음에서다.

시인이 되고 참 많은 변화가 생겼다. 모두가 즐거운 변화다. 가장 의미 있는 일이라고 한다면, 나의 삶이 그전과는 좀 다른, 성찰하고 수양하는 삶이 되어 간다는 것이다. 늘 고민한다. 시와 삶이 같아야 한다는 그런 고민. 따뜻한 마음 없이 어떻게 따뜻한 시가 나오겠나? 순수한 마음 없이 어떻게 순수하고 맑은 시가 나오겠나? 아마도 나에게 시 쓰기는 제대로 된 나, 올바른 나를 찾아가는 과정이 아닌가 싶다.

최근 적십자 홍보대사 외에 다른 의미 있는 역할을 하나 더 맡았다. 소아암 등 난치병을 이겨 내는, 아이들을 가르치는 '꿈사랑학교'의 명예 교사다. 제안을 받고 많이 망설였지만, 맡아야만 했다. 그래야 스스로 떳떳할 것 같았다. 아이들에게 꿈과 희망을 심어 주는 일에서 삶의 의미를 찾아볼 생각이다. 그것이 가치 있게 나이 드는 모습이라 자부한다.

안데르센의 말이 떠오른다. "인생은 그 자체가 훌륭한 동화다"라는 말. 오늘도 훌륭한 동화를 잘 만들어 가야지, 나의 행복이 다른 누군가의 행복이 되기 위해 더 좋은 시를 써야지.

시를 읽는 사람은 꿈을 색칠합니다.